青花帖

hashimoto kaoru

橋本薫句集

深夜叢書社

目次

装画　橋本　薫
装丁　髙林昭太

青花帖

橋本薫句集

瑟瑟

しつしつ

元旦の荒海折口父子の墓

三輪山に我も豆打つ福は山

蕗の薹切れば雌花でありしかな

木偶の身を打てば木の音春の雪

連弾の一指遅るる雪解雨

独逸ハム分厚く切りて茂吉の忌

二月の有事には国賊にならう
良寛の細々と乞ふ文ぬくし

微震あり塔のどこかに蝶がゐる

針穴を顫へて抜ける糸の春

カリアティド花粉に濡れて四月来る

子鯨の肉の甘さや養花天

ろんろんと回る蹴轆轤花の昼

花篝少年の眸を面の奥

遠近の残花に馬頭観世音

老幹の腐りて甘き香のさくら

陶硯の海溢れしむ余花の山

赤んぼの忿怒の眉目桜の実

擲ってやらうかミモザの花束で
指入れて指人形と春惜しむ

闇が眼を開け闇を見る蟇

蕨餅一笑句集持ち出され

反故捨てむとて読み溺る夜の緑

サーカスの虎は急病なり緑雨

フーガのごと影と縺れて蛇泳ぐ

雨激し筍を剝くゴリラの背

一遍上人絵伝を雨に端居して

座布団も服も生成りや夕端居

夕顔や母の着物に母の香の

湯上りや夕顔の闇母の闇

御柱立つ風に響り星に響り

一乃御柱深夜の青嵐

祖父の捨てし故里を曳く御柱

雨の香や亜細亜の隅に蚊帳を吊り

葛の花身の内どこか哭きやまぬ

真贋に話の及ぶ泥鰌汁

河童忌の陶枕の穴おそろしと

夢に女を刺せば無花果なりしこと

お醤油の濃きを哀しと蓼の花

市中やどさと花蓮投げ出され

夏薔薇の棘うっとりと刺しけるよ

井戸底へ降りてゆく風晩夏なる

髪切りて人追ひつめて夏了る

とり替へし枕の下も芒鳴る

青墓の花薄剪り採りて寝む

冷やかや明恵の山の一つ葉の

かすかなる火星の光茄子の馬

羽抜鶏追ひかけてくる者を見る

町石道翔つごとき紺鳥兜

井の底に硯養ふ良夜かな

月の高野の汝水底に逢ひし人

水浴に月降りて来よ銀化盃

穴窯の一つ目赫き雁渡し

窯を出で皿りりと鳴る星月夜

胸の黄を抱き落鮎流れ去る

馬追の闇になだるるあたりかな

かりかりと嚙むやんまの頭鬼やんま

壺の口撫づれば響く天の河

恋文を退け牡丹を焚きはじむ

ランボー忌葉唐辛子に火薬の香

柘榴の実両断恋に死なざりき

秋の日の回転木馬白馬のみ

句座果てて忘れものあり天狗茸

立ちて潮騒屈むとき鴨の声

栗飯や抱けば人の子暖く

みしみしと弥山の昼を鳴る紅葉

峰入りの道逸れて濃き夕紅葉

瞑りても桜の紅葉瞰の微塵

七十五靡き冈栖むあたり

冬木の芽それぞれの貌一揆道

縄文の子等の壺棺冬木の芽

しぐるるや木に還りゆく立木仏

やはやはとしぐれの蛇体山を纏き
水底の鐘の音淡海雪となり

影を背に負うて焚火の輪の中に

鼉太鼓の一打小雪のおん祭

雪垣を曲る蛇婿入りの山

老いて画家木に黙礼す寒夕焼

高坏の霙一匙クリムト忌

裸木やボッスに聖母像のなく

捨て椅子に凹みを残す雪女

寒晴やかしは手の火を鑽るごとく

鳥落ちてあり致死量の雪なりしか

仏より神老いたまふ寒桜

つづれさせとぞ死にゆける人泣かせ

窓拭きの人羊雲拭き続け

石蕗の花手を出せば手を握りくれ

よく遊びよく焚火せし双手なる

納棺の山茶花に紅一ところ

なにもかも遠ざかる冬昼花火

謐謐

ひつひつ

初夢の霧氷の道に別れけり

半身を追儺の闇に残しおく

雁供養風のもどって来し気配

たまはりぬ毛馬の薺の一摑み

紅梅や天水桶の又満ちて

さへづりや湯舟の底に砂すこし

鳥帰る鏡花の家の裏の坂

はこべらや躾糸の玉ほどの悔い

優曇華を眺めしのちの窯仕事

夜も飛べる蒲公英の絮子なき家

流れ寄り流れ去るもの落椿

散る花や飛天にほのと土踏まず

父の骨壺夫の骨壺花の昼

河馬不在河馬舎の池の花筏

西行も明恵も美貌山桜

次の世は海市番人たることを

出井孝子さん

死ぬときは巴里とパセリを嚙みしめて

夢の底暗し無花果パイ昏し

空蟬にすがる空蟬掃き寄せて
一人ゆく道夏落葉肩に降る

夏蕨なべて苦きは夢の奥

錫杖の音黒南風の高嶺より

あまりにもしづか夕顔花二つ

思ひ出は不思議にいつも朴の花

人形と囲むテーブルさくらんぼ

涙壺大中小の明け易し

つばくらめ形見の呉須も尽きなむと
青螢青岸渡寺に到りけり

荒庭や木星までの青嵐

籐椅子に毒草ばかり草日記

底紅の底闇の底夢の底

夜雨舐めて夜光盃色なめくぢり

樟落葉読むことの忌を修すこと

虎鶫おまへも朝がこはいのか

暗澹と風の塒の合歓の花

パンにバタ浸みゆく音も夏の果て

胸に本伏せ落蟬のこゑと聴く

今朝秋の罅美しき立木仏

可惜夜の花野や甘き葉切り傷

思ひ出は壁抜けてくる草雲雀

潮騒や原子炉の底月明か

唐橋の雨月いよいよ一人なる

一顆明珠ひそと生しけり秋の蝶

西行の妻子の墓所の草紅葉

今朝はどの椅子に座ろう蟬しぐれ

擬宝珠の地金に沁みる後の月

蜘蛛の巣になほ露の玉華厳蔵

鳥影の縦横無尽神無月

神の留守天地無用と大書して

帚木の実食べ ひとりもゐなくなる

浄土寺を西に流るや赤とんぼ

猪口ほどの佛守る村柿紅葉

淡海の水こぼしけり紅葉鮒

いと小さき富樫馬塚冬ざるる

書き置きの遺書めく真冬旅衣

手袋の中に指輪の忘れられ

船の灯かと思ふ熱燗なみなみと

轆轤場の窓の氷柱を供へけり

ポケットに数珠をさぐれば霰来る

逢ひたくて痛くて一重冬薔薇

凩に追はれていつか残されて

虎落笛骨董市の何か鳴り

天空にかの磨崖仏櫨紅葉

俑の手の琵琶に弦なき小春かな

風巻くごと湧く綿虫の触れ合はず

綿虫が指に手紙の来さうな日

骨の鳴る音残菊に火のまはり

炎の内に壺佇ちつくす寒銀河

人を見ぬ一日茨の実の真紅

猫抱いて暖をとるポーの妻のごと

沫雪やよごることなきかなしみと

海豚愛づる神一柱雪の能登

凍蝶の砕けて日射しある方へ

夢に鉦叩きて覚めて雪間草

漉漉

ろくろく

真昼間の天に音なし鏡餅

福笹や人の見る夢あひ似たり

あてどなく出でし初旅昼の月

化猫を飼はむ福豆撒かずをり

探梅やだれの母でも子でもなく

白梅の下どの径もかへりみち

肩に日の当る二月の墓地うれし

木の芽雨鳥寄せ笛の紐青く

藪椿怒る女に触れひらく

一輪草剪る夢を見し剪りてあり

三月の畦に墓標のごとく鷺

山芍薬散りたり寂かすぎし夜

筆持たぬ日をほぐれつつ木五倍子の芽

どの幹も傷持つ雨の新樹かな

秒針のきらと眼を射る新樹道

鶯にしかられてまた句を選み

うららかや茶屋の二階に句帳伏せ

桜貝瞼にのせてしばし死ぬ

唐草に壺埋めゆき暮かぬる

くちなはの櫂に寄りくる花の昼

瑠璃釉を合はす彼の夜の夜桜に
膕に腓に弾けさへづれる

蕗の薹煮つめて星の生るるまで

桜蘂降る音と知るあしたかな

桃ひらくありし日といふはるけき日

不如帰妄りに母を呼ぶなかれ

死ぬるまで人に見られて金魚なる

白玉に山月ゆらと傾きぬ

水盤を作らむ梅雨の月飼はむ

雷鳴や責め絵から眼をそらさずに

鰐梨の闇より重く梅雨の底

通りから仏間の見ゆる立葵

合歓の花谷川に犬丸洗ひ

身になじむ古ジーンズも夏風邪も

隠沼や青鷺青き卵抱き

観音の素足湖の白雨

隅の田の隅に結ばれ余り苗

木苺を摘む吾ひとり暮残り

筒鳥の女の家を包み啼く

筒鳥や仕事せぬ日もできる日も

思ひ出すたび螢火の遠ざかり

ばりばりと肌身を油団より剝がす

乱歩忌の蛇を打つ子と見てゐる子

皺みたる黒立葵画室より

音立てて夏落葉サヴォナローラ椅子

旱雲ヴェニスに蛸の旬が来て

プルースト踏みにし舗石明易し

デスノスの知らぬ間に蟻殺しけり

窯の火を落とすや真夜の百合の花

花火から花火へ移す幼き火

亡き人と齢離りゆく大文字

涼夜かな青花壺中に座すごとき

蟋蟀や柱と壁の内ひとり

人待つにあらねど垂らす秋簾

窯に火を入るること我が盆仕度

柚子に日の残りて昔住みし家

黍嵐わが血の中の鉄さわぐ

しぐれ来るいまだかたちにならぬ土

秋の日や異国の城に藍九谷

骨色の月光踏めばぴしと鳴り

呉須に筆沈め更待月も雨

やや咲き遅れ白花の曼珠沙華

破蓮にしかと破蓮触るる音

踏みしだく野紺菊色深かりき

和語仏語羅甸語朴の葉の落つる

鶫の赤き口中ひとり病み

渡海碑や落暉もろとも赤とんぼ

菊食うべ　せんなきものの腑に落ちぬ

錆びてをる濡れをる残る虫たちも

手遊びに母忘れをり赤のまま

もの音の棲む木の家の夜の長き

葉に触れて葉に触れてまた落葉立ち

山の音湯婆昨夜の水を吐き

鶺鴒ふはと媼も水渉り

聞き知るや軍靴の音を冬木立

母を泣かせて山茶花に帰りきし

忍び手に打てど山茶花散りやまず

摺箔の時雨人の背まぎれゆき

ただ麻紙の雲肌を漉く少女なる
墨堤の小春にたれを待つとなく

玉蜻蜓障子の穴の仄明り

悪人の手跡宜しき夜寒かな

星の数容れ雪吊りの縄響動む

ハロウィンの人形を抱く毀るまで

一灯に一膳の箸鰤おこし

祈らざる日を寒雷の梁の下

犬老いて足湯を舐める寒昴

冬の日のキルトに綴るその昔

掌に包む小鳥の鼓動雪の朝

冬木の芽こぞれる夢に音なき日

古赤絵の赤悴みてなほ執す

太陽ゆ八分の光藪柑子

手仕事に護らるる日々霜の声

いっせいに日矢の寄せ来る神馬藻

初鶏の軋むがごとく啼きをさむ

皿に竜五頭を所望されし春

後書

後書をかこうと、カフェに入った。

ベンヤミンの「作品の結末は、いつもの仕事場で書いてはならない。そんな所にいては、その気にならないはずだ。」という言葉を何かで読んだので、他の様々な有益なアドヴァイスはさておき、実行したのである。

小さな町の人気カフェ、「長居できるものならやってみろ！」といわんばかり挑戦的デザインの椅子に腰かける。確かに、小説なら、結末はおのずと見えてくるものかもしれないが、ベンヤミンのように延々と回り道や道草を楽しむエッセー的思索者にとって、最後の一行は、普通には見出しにくいことだろう。

ベンヤミンと同様の如く言うのも気が退けるが句集を編むのもまた、なにがしか、纏りをかんじるところがなくてはできないことだから自覚するのはそれなりに難しい。だから、誰かが声をかけてくれると、まさに天啓の如く、すっかりうれしくなってしまう。今回は、黒田杏子先生のお薦めをいただいた。句会で研鑽するでもなく、ただ毎月のそれも途絶えがちの投句を、細々と続けているだけの者にさえ、懇切な目を配られていることに、あらためて感謝を申し上げると同時に内心畏怖を憶えてもいる。

私が曲がりなりにも句作を続けてこられたのも、先生の「藍生」誌上での句評や、折々の音信の言葉があったからこそである。

句集の後書を考えるのは、句々を拾った年月に結末を読み取ることかもしれない。

今回は、私のおおよそ五十代六十代の時間であり、親しいものへの、喪の時間でもあった。

最初の章は、夫を看取る前後の日々の句である。「瑟瑟」は寂しい風の音のこと。音は哀切だが、髪をなぶらせながら風の中に立っていると、励まされるような、生きる力をかきたててくれるような気がする。

夫の死後は仕事に追われる生活の中、窯場や轆轤場の風景、絵の具へのこだわりなど、職業がらみの句が増えたと思う。

磁器の器を作っているので、日中は主に成形作業をし、夜に絵付けをしている。時間のかかる仕事だが、描くことは楽しく、天職だと思っている。

冷たく滑らかな磁肌に透く青の静けさ。

絵画における青の歴史がラピスラズリとアズライトの歴史だとするなら、焼き物の青はコバルトの歴史といえるだろう。中東からもたらされた回青が中国の元の時代に染付の技法として完成された。私は自由奔放な明末の古染付や祥瑞などが特に好きで、眺めていると藍一色の世界に不思議な郷愁をおぼえる。それは透明な釉薬の下に描かれた、永遠に触れることのできない青の世界だ。釉下に描く染付のことを中国では青花といっていたそうなので、集名はそこから。

青は天使の服の色、壺に閉じ込めても、直に触れることのできない、はるかな憧れの色である。


猫たちとの別れも、相次いだ。最後の猫が逝ってから何年になるのだろう。「トラは死んで皮を残す」というが、我が老猫は、私に自由を残してくれた。おかげで思い立った時に旅に出られるようになった。いまでは、廃墟になったロマネスク教会の回廊の柱頭彫刻を見て歩くのが趣味である。最も敬虔な場所にあふれ出るグロテスクなイマジネーションの豊さに、つくづく人間の脳は過剰を好むようにできているらしいとあきれかえらずにはいられない。

第二章の「謐謐」は夏の真昼の静けさのこと。生命力に溢れかえる時節だが、過剰さもある限度を超えると不思議な静けさ帯びてくるように感じるのは、わたしだけだろうか。

そして昨年の母の死。否応なく心配をかけてしまう存在が、とうとう一人も居なくなってしまった。うすら寒いのも確かだが、同時にひどく身軽に感じている。これでどこで野垂れ死んでも良いし、恥も外聞も、自己責任なだけだからどうってことないのである。誰も悲しませないで済むというのは、この上なく気楽だ。自分自身に課していたいた箍が一つはずれたような気がする。

若いころは、俳句も焼き物も、これだと思う作品が一つでもできればよいと思っていたが、どうも傲慢だったかもしれない。もちろん、いまでも、もう少し良くしたい、良くなるはずだ、と試行錯誤を繰り返しているが、それが一つの作品に収斂してゆくとも断言できない。

俳句も焼き物も、自分自身の構想とか技量だけでできるものではないとつくづく思うようになった。どちらもそこに出会いがあって初めて成立する。自己表現とか自己主張などというこれまではずいぶんとこだわってきた小さな自我から抜け出したいとあらためておもうようになった。それがここ数年の、結末とも言えない結末かもしれない。

ノートに書き散らした言葉が、眼前の事物の触媒作用で、生き物のように、するすると句の形をとるのを目にする時は、自分を超えることができたかのように感じられる。勿論、そんな幸せな出会いはめったにない。

自在になりたいなどと言いながら結局もっともっと苦闘しながら日々を送ってゆくのだろう。

家の裏に、小さな塚を成しているできそこないの磁片が雨の後に地面に顔を出すことがある。いびつな器の一部が、土に濡れると、忘れられた時の欠片のよう。懐かしく、なまめかしくうるんで見える。「漉漉」は「水の中の月の潤なるを云う」

のだそうだ。章名はどれも李賀の詩に使われた言葉からとった。李賀の詩の中の月も青い。すぐそこにあるようにみえて、掬おうとすれば砕けてしまう、青は非在の色である。

木下杢太郎の詩「それが一體何になる」を思い出す。

それが一體何になる

その昔の夢が、よしや譬ひ秋の日の
大な樟の梢のやうに實になつたからと云つて、
それが何になる。

（中略）

ただ自分の本當の樂しみの爲に本を讀め、
生きろ、恨むな、悲しむな。
空の上に空を建てるな。
思ひ煩ふな。

かの昔の青い陶の器の
地の底に埋れながら青い色で居る——
樂しめ、その陶の器の
青い「無名」、青い「沈默」。

杢太郎の「一體何になる」と云う「それ」は世間的成功や名声等等らしい。私にはもとより無縁のものだが、最後の数行は、いつも思い出しては考える。私の無名も沈默も、作った器も、これほどまでに青いだろうかと。

人通りの絶えた小路にいつの間にか夕影が落ちている。北国の日暮れは早い。席を立たねばなるまい。
道草をするには、もう時間がなさそうである。

橋本　薫　はしもと・かおる
一九四九年生まれ　須田菁華に師事　陶工

青花帖

藍生文庫60

二〇一八年十一月二十六日　初版第一刷発行

著　者　橋本　薫

発行者　齋藤愼爾

発行所　深夜叢書社

郵便番号一三四―〇〇八七

東京都江戸川区清新町一―一―三四―六〇一

info@shinyasosho.com

印刷・製本　株式会社東京印書館

ISBN978-4-88032-448-7 C0092